KB027836

죽전 詩문학

국립중앙도서관 출판예정도서목록(CIP)

죽전詩문학. 제4집(2016) / 지은이 : 박춘추 외. -- 서울 : 한누리미디
어, 2016
    p. ;   cm

ISBN 978-89-7969-732-2 03810 : ₩10000

한국 현대시 [韓國現代詩]

811.7-KDC6
895.715-DDC23   CIP2016029724

죽전 詩 문학

2016 제4집 · 죽전시문학회

한누리미디어

성년으로 가는 죽전 詩문학회

2012년 초 10여 명으로 발걸음을 뗀 시모임이, 그 새 22명의 회원으로 늘고 5년여 짧지 않은 죽전시문학회가 되었습니다.

그 간 매년 계절에 따라 시행되는 시낭송회, 문학 기행, 시를 사랑하는 사람들의 애송시 낭송, 시 창작과 토의 등 각종 활동이 지속적으로 활발하게 이루어져 왔으며, 12명의 등단 시인을 배출하고, 동인지도 제4집을 엮는 쾌거를 이루게 되었습니다.

동인지는 제1집 참대밭 시 마당 (2013년), 제2집 대꽃 피는 마을 (2014년), 제3집 詩 마당 대꽃 마을 (2015년) 등 제목을 바꾸어 가며 발간하였으나 이제는 "죽전 詩문학"이라는 고정된 제호로 매년 발간하기로 뜻을 모았습니다.

이는 메마른 땅을 갈아 기름진 밭을 일구는 시의 질적 향상과 더불어 지역 문학의 저변을 넓혀 지역 주민에게도 아름다운 정서를 함양하는 데 기여할 것이라 생각합니다.

시는 자신의 경험을 통하여 떠오르는 시상을 펼치며, 다른 사람의 손이 닿지 아니 하는 그리움과 아픔을 표현하는 것이 아닐까요?

시가 무엇인지 아리송했던 회원들이 젊은 시절의 경험을 바탕으로 시를 창작하고 낭송하며 시를 익혀 보급, 발전시켜 가는 모습은 매우 자랑스럽습니다.

오늘이 있기까지 죽전 시문학 회원을 지도하여 주신 김태호 선생님께 진심으로 감사를 드리며, 아울러 창작활동의 장소를 제공하여 주신 죽전도서관 관계자분과 그 외 모든 분들께 진심으로 감사드립니다.

감사합니다.

2016년 11월 입동에

죽전시문학회 회장 **박 춘 추**

바람의 내력

김태호

골짜기 맴돌며
풀잎 스치던 바람
어느새 기氣를 모아
등성이에 올랐네

눈부신 햇살 고즈넉한
마을이 보이는 자리
잠이라도 청해야 할까
아니야, 벼랑을 타고
봉우리에 닿아야 해

어기여차 세勢 늘려
산꼭대기 바장이는 구름
구름을 몰고 비를 내려야 해
목 타는 들녘 소생하는
단비를 뿌려야 해

임이여,
기세 등등 북을 울리는
저 바람소리 들으시나요

차례

1

김자경

2

김지윤

3

류재덕

4

박동석

차례

7

손정숙

#

송정제

차례

9

이경숙

10

이병구

11

정소민

12

표석화

김자경

서울神學大學 神學科 卒業. 月刊 『社苑』 편집장
한국일보 週刊女性 상담칼럼리스트. 기독교방송국 선교협력단 부장
월간 『한맥文學』으로 詩 등단. 저서 : 상담사례집 아픔. 당신의 기도
기독문인협회 회원. 오산문인협회 회원
現 광주문인협회 회원. 죽전詩문학회 회원

．．．．

님

당신은 누구이십니까
내 마음의 저 깊은 곳
언제나 나를 지배하는 당신

당신은 누구이십니까
내 삶의 한가운데
등대가 되는 당신

소리 없는 목소리로
나에게 늘 속삭이며

목마른 내 영혼
뜨거운 눈물로 다가서는 당신은

밤하늘의 별처럼
멀리 반짝이면서도

비바람 속에 조난당하는

내 영혼 사로잡아

얌전하게 무릎 꿇고
두 손 모아 기도하게 하는 당신

오늘도 여린 마음으로
나를 두드리는 내 삶의 목자

당신은 누구이십니까

가시나무 새

일생에 단 한 번
사랑을 위하여 부를 수 있는 노래가 있다면
나는 그 노래를 부르리

일생에 단 한 번
그 노래를 들어줄 수 있는 님이 있다면
나는 님을 위하여 살리

그 순간을 준비하며
기다려야 한다면
내 일생 기꺼이 기다림으로 보내리

사랑을 위하여 님을 위하여
내 가슴에 피 흘리며 죽는다 할지라도
나는 후회하지 않으리

나는
가시나무 새이고 싶다

사랑을 위한

나는
가시나무 새이고 싶다
님을 위한

그래서 나의 죽음마저도
아름답게 장식하고 싶다

새벽의 고속도로

맘껏 달린다
속도 제한도
신호등도 없이

정체된 도로에서 쌓였던
짜증과 스트레스가
씽씽 바람에 날린다

내 앞에 장애물이 없는 카타르시스
내 맘껏 달릴 수 있는 통쾌함

내 삶의 여정이 이렇다면
얼마나 신나는 일인가

가야 할 목표는 아직도 먼데
끝이 보이지 않는 정체된 도로에
이정표마저 희미한 내 삶의 현시점

그러나 나는 내 인생에서의
정체됨을 사랑한다

그것들을 통해서 느껴지는
모든 것들

만약 내 인생의 장애물과 정체됨이 없다면
그 속에서 역사하는
그 분을 알지 못하고

시시때때로 내 인생에 개입하는
그 분을 만나지 못하고

그와 함께하는 고난 속에서 느끼는
기쁨과 평화를 가질 수 없을 테니까

정체되지 않은 새벽의 자유로보다
정체된 내 인생

즐거움 속에서 차오르는 환희보다
고난 속에서 찾아지는 희망을
나는 더 사랑하고 싶다

당신이 침묵할 때

옛날 옛적에
나무꾼이 불쌍한 사슴을 구해주고
선녀를 아내로 얻었습니다

아들 딸 낳고
행복하게 살던 선녀는
잃어버린 날개옷을 찾자
아이들을 안고 하늘로 올라가 버렸습니다

나무꾼은
아내와 아이들을 그리워하며
보름달이 뜨는 밤이면
선녀를 만난 연못으로 달려가
하늘을 쳐다봅니다

당신이 침묵할 때,
나는 전설 속 나무꾼이 됩니다

선녀와 아이들을 그리워하며
하늘을 바라보는 나무꾼의 가슴이 되고
보름달이 떠오르기를 애타게 기다리는
나무꾼의 심정이 됩니다

당신이 침묵할 때,
그 침묵을 응시하는 내 눈빛의 의미는
당신의 음성을 그리는 목마른 기다림이며
내 영혼의 폐부에서 끓어오르는 기도의 아픔입니다

사랑하는 이여,
당신은 지금 내게 있는
모든 소망을 다 거두어 갔습니다
그리고 당신은 침묵합니다

그럼에도 당신의 침묵에 대한 나의 시위는
강물처럼 대책 없이 흐르는 그리움과
목마른 기다림뿐입니다

사랑하는 이여,
당신의 침묵은 언제까지입니까

당신이 침묵할 때,
커다란 두레박을 준비하는 중이라는 걸
그것을 바라고 기다리는 인내함으로
내 꺼진 영혼의 불을 밝혀야 한다는 걸 알지만

그러나 당신이 침묵할 때,
나는 고통으로 하늘을 쳐다보는
나무꾼이 됩니다

보름달이 뜨기를 기다리는 마음으로
하늘을 바라보는 나무꾼이 됩니다

첫사랑 · Ⅲ

누군가 그러더군
대상은 자꾸만 바뀌지만
사랑이 가는 길은 하나라고

내 삶에 비바람이 칠 때가 있었어
옷깃을 적실 때는 그래도 씩씩했지

그러나 비바람이 광풍으로 변하여
모든 게 엉망이 되었을 때
나는 비로소 알았어

내 삶의 대상은 다 모래알같이
부서지는 것이라는 걸
이 세상 아무것도 사랑의 대상은 아니라는 걸

나는 허공에 대고 소리질렀어
그러나 돌아오는 메아리는 없었지
희망을 당기며 소리 지르다 지치고

어린 새처럼 울다 잠들었을 뿐야

그런데 어느 날 내 마음이 평온해진 걸 알았지
내 삶에 여전히 비는 내리고 바람은 부는데
난 아무 것도 두렵지가 않은 거야

누군가 내 마음에 들어와 있었고
그분은 나에게 힘이었던 게지

그분과 함께라면
난 눈물 속에서 웃을 수 있었고
나의 모든 걸 아낌없이 줄 수 있었어

그분 앞에 서면 나는 순수해질 수 있었고
그의 선한 눈빛을 느낄 수 있는 동안은
이 세상 아무것도 부러울 것이 없었어

이게 사랑이지 싶어…

삶을 알고 세상을 알고 고통을 알 때
의연히 찾아와 나를 일으켜준 힘

그 사랑을 확인했을 때
온 세상은 온통 무지갯빛이었고
나뭇잎마저 반짝이는 별이었어

그때 난 환희라는 단어를 떠올렸고
그게 첫사랑이란 걸 알았지

첫사랑은 말야
우리 영혼의 신부가 아닐까 싶어
언제나 머무는 라일락 향훈 같은.

아침 기도

오늘 하루,
누군가를 미워하지 않고
누군가에게 아픔을 주지 않게
해 주소서!

일그러진 얼굴로 성을 내거나
큰 소리로 책망하며
거친 언어로 사람을 불쾌하게 하거나
상처주지 않게 하소서

맑은 사랑과
기도의 기쁨이 넘쳐나는
환한 모습으로

만나는 사람마다
편안한 미소로 감사를 말하며
오늘을 살게 하소서!

내 아이들에게

오래 전, 엊그제 같은 오래 전
아들과 딸이라는 이름으로 내게 온 너희들
내 가슴의 봄이었지

너희들 소리는
내가 살아 있음을 느끼게 해 주는
봄눈 흐르는 계곡 물소리 같았거든

내 삶의 여름이기도 했다
너희들과 함께 쉬는 숨결은
사랑하며 살아갈 수 있는
싱그러운 여름 숲속 길 산소였으니까

그리고 내 인생의 가을도 되었다
너희들 웃음은 풍요로운 가을 들녘 같아
언제나 희망으로 줄달음치며
행복을 추수하게 하였지

그리고 내 영혼의 거울이었어
너희들 존재는 한없이 커지는 하얀 눈사람 같아
가진 것 없어도 초라해지지 않았거든

지난 세월 삶에 지치고 목마를 때
너희들 소리를 들으며 나는 깨어나고
너희들 숨결을 느끼며 삶의 쉼을 얻고

때때로 되돌아와 주저앉은 자리
너희들 웃음에 눈물을 씻고
함께 웃을 수 있었다…

이제, 너희들은 내 곁에 없는 빈 둥지지만
먼 옛날, 엊그제 같은 먼 옛날
내게로 온 너희들은 여전히 변함없는
나의 우주… 사랑한다. 내 아들 딸들아

당신 앞에 서면

당신 앞에 서면
당신을 사랑한 것으로
내 삶을 채웠노라

당신으로부터 사랑 받은 것으로
내 삶의 못 다한 몫을 채웠노라

당신 앞에 서면
당신을 사랑한 것으로
행복했노라

당신에게 사랑받은 것으로
행복했노라

그 말 밖에,
그 말 밖에,
할 말이 없습니다

김지윤

아주대학교 교육대학원 졸업. 용인평생학습 상담가
죽전시문학회 회원. 용인문화재단 재능기부단원

환희

우린
같은 곳
바라보며 춤을 추네

그대는 내게 다가와
다정히 나의 손잡으며

우린
경계에 서서
춤을 춥니다.

함께 시공간에 가까이 있으나
그대는 나의 발 밟지 않으며
나도 그대의 발 밟지 않아요.

우린
나무들이 모여 늘 푸른
생명의 숲을 이루듯
하나의 마음을 모으며 춤을 춥니다.

그대의 자리

그대가 앉았던
창가의 햇볕이
애잔하게 다가옵니다

모두들 그 빛 아래서
건강하고 힘찼던 여름을
그리워합니다

새해맞이 추운 겨울날 돌연히 쓰러져
열정적으로 살아온 시간들이
오롯이 멈추어 버린 듯한 지금

어서 잠에서 깨어나 봄볕으로
그대의 자리로 돌아오길 기다리며
오늘도 창문 열어 놓고

그대 없는 허무함
애써 먹먹한 가슴 달래며
소중한 친구 기다리고 있습니다

사월의 벚꽃 길을 걸으며

꽃아,
너 어디서 왔니
천지가 너로구나

쪽빛 하늘에도, 잿빛 땅에도
흩날리는 너의 향기로
새처럼 날아갈 듯 발길이 가볍구나

아픔도 슬픔도 스러지고

환희의 노래 부르며
행복에 가득 차 있다

바람에 떨어져 내게 밟힌 꽃잎들
바라보는 순간

무심코 나로 하여 아팠던 사람들
이 꽃길로 모두 초대하여
함께 걷고 싶구나

내 안의 나

나는
오늘도 선택하네

사랑과 용기
인내와 믿음
수용受容하는 마음을

때로는 이들이
날 괴롭히기도 하지만

바다 위 하늘을 나는 새의 비상
아득한 수평선 바라보며

책임을 마다않는 진정한
자유의 삶 이루어가려 하네

바람의 뜻

내게 거는 바람
실은 그 간절함만큼
그때는 몰랐습니다

그러기에 주위에선
두려움 모르는 나를
부러운 듯 바라보기도 하였습니다

바람이 홀연히 떠나면
자유로울 줄 알았습니다

그러나 잠시일 뿐
고독의 나날이었습니다

세월이 흐르고 나서야
불현듯 깨닫는 바람의 뜻

이 세상 태어난 소여所與의 생명

무엇보다 고귀하기에
내게 거는 바람은 소중했습니다

인생 길라잡이 별

무엇을 할까
사람들은 욕망하네

욕망의 늪에서도
의미를 만들려 하고

이타利他의 세상을 꿈꾸는
저 밤하늘 반짝이는 별 하나

인생을 수놓는 길라잡이 별
생애를 밝히는 별이 있었네

강으로 가는 빗물

온 종일 내려 고이는 비
누구의 눈물인가요

행복하여서
그리워서
아니
세상이 슬퍼서 우는 건가요

나의 손수건으로 얼굴 닦고
이젠 울지 않아요

해가 뜨면 내일
오늘 쏟았던 울음
밤사이 안녕

미처 비우지 못한 상념들
강으로 가는 빗물이
깨끗이 씻어주었으면

나무처럼

나무와 나무

햇빛과 바람
벌과 나비
꽃과 열매의 결실이 있었네

때로는 몰아치는 눈보라에도
굳건히 견디며 자리를 지켜 왔지

너와 나
한결같이 사랑만 해도 모자랄 삶

우리 서로 부족하더라도
나무처럼만

드높은 하늘 바라보며
햇살 같은 따뜻함 이루었으면

류재덕

『한국현대시문학』 등단, 한국현대시문학연구소 이사, 죽전시문학회 회장(전).
한국가톨릭문인회 회원. 천주교수원교구 명예기자. 한국문인협회 용인지부장
E-mail : jaiduck@naver.com

⋮

중산층 바로메터
아름다운 동행
춤 속의 세계
사랑해

중산층 바로메터

한국의 중산층
부채 없는 30평 아파트 소유
연봉 육천만 원 이상
중형승용차 소유
예금잔고 일억 이상
일년 한 차례 해외여행

프랑스
외국어 하나 마스터
직접 즐기는 스포츠
악기 다룰 줄 알고
다른 맛 내는 요리솜씨
약자 도우며 봉사활동

영국
페어플레이
자신의 주장과 신념
독선적 행동 금물

언제나 약자 편에서
불의, 불평, 불법에 의연히 대처

우리네 삶이
물질만능주의
체면에 빠져 안타깝네

눈에 보이는 것보다
정신적 가치 추구하는 모습
거울로 삼아야 하지 않을는지

아름다운 동행

저녁노을 공원 산책하며
그대 머릿결 풋풋한 내음
시원한 바닷바람으로 느껴 보고 싶다

모든 것에 감사하고
작은 사랑도 나눔으로 살고 싶네
누군가를 사랑한다는…
그게 뭔지 이제 알 것 같은데

난 다르게 살 거야
가진 거 없이
초라하고 가난할지라도
그대 곁에 머무는 자리

작은 행복
나누는 기쁨
함께 하는 시간

시간을 돌릴 수만 있다면

춤 속의 세계

나의 사랑을 앗아간
그녀의 춤은 멈추었지만
당신을 원망하진 않아

날개를 달아준 것은
오직 그 열정이었으니까

다시 보고 싶은 모습
하늘 위의 구름 같아

그녀의 미소
사라진 것이 아니라
스쳐간 것일 뿐

사랑스럽고 보고픈 세상
아직도 끝나지 않았네

춤 속에 새로운 활력이 있었네

사랑해

물안개 피어오르는 호숫가
주마등처럼 스쳐가는 추억

내가 처음 만난 그녀 향기
변함없는 미소
여기서 또 만나네

지난 날 많은 사연
고달프면서도 달콤했지

서로 등 맞대고
믿음이 힘이라는 걸 알게 되었지
소중한 추억 깨닫게 해준 내 사랑

촌스럽고 우스꽝스럽다 해도
더 많이 사랑할 거야

박동석

충북 청주 출생. 고려대 법대. 2012년 『한국현대시문학』 등단.
죽전시문학회 회원. 용인문인협회 회원.
2014년 첫 시집 《시는 말, 말은 시가 되어》 출간.

．
．
．

가마에 실려 온 택호
겨울 담쟁이
내소사 가을밤에
대추나무
더위 먹던 여름도
탄천 붕어빵
짚자리
뇌우

가마에 실려 온 택호宅號

뒷동산 마루턱 엄나무 우뚝 선 마을
엄나무정이로 시집오는 아기씨들
어릴 때부터 살던 동네 이름을 가마에 싣고 왔다
느랭이 마을에서 온 옆집 새댁은 *느랭이댁
서울에서 멀리 온 건너 집 아기씨는 서울댁
우리 할머니는 연기 시거리댁
연예인 예명 같지
장가든 총각들 새댁 혼수 덕분에
느랭이서방, 시거리서방님
세월이 흐른 뒤
느랭이할머니, 서울할멈, 시거리할머니
친정댁에 나들이 가시니
어른 된 조카들이 엄나무정 고모님 오셨다 반기셨단다
지금은 동산 잔디밭에 누워 계신 하늘동네 할머니들

*친정 동네이름에 붙이는 택호宅號

겨울 담쟁이

벽돌 담 기어오르던 사내
등짝에 불거진 심줄과 핏줄
얼기설기
눈바람 속에도 살아

담을 타고 넘으며
여인의 창으로 다가가던 자취

한여름 땡볕에도
물기 없는 수직의 벽을 타는
끈기와 집착

연두색 가녀린 넝쿨손
참새 불러 재우던 푸른 이파리들
울긋불긋한 단풍

나긋한 차림새였던
봄에서 가을 달려온
사내의 고집을 본다

내소사來蘇寺 가을밤에

능가산 품에 안긴
천여 년 고즈넉한 내소사

단풍 찾은 발길
어둠에 스러지면

그제사 산마루 오른 달
산사 지붕 아우르고

대숲에 부는 바람
예불소리 실어내네

종소리 하늘 울려
별 깨워 등을 켜고

가을밤은 깊어
마음에 스미는 번뇌 헤아려본다

*내소사 : 전북 부안군 변산반도 능가산 아래 백제 무왕 34년(AD
633년)에 창건된 절

대추나무

수많은 세월
제사상엔 꼭 끼어 앉는 대추

살은 없어도
씨 하나 그 값하지

시골동네 집집마다
마당 한 귀퉁이 차지하곤

아이들
연줄 감기우고
숨바꼭질 술래기둥

가을 깊어 가면
가지마다
붉게 탄 얼굴 주렁주렁

더위 먹던 여름도

흐르는 땀으로
홍건해서
뒤척이던 여름

100여 년만
무더위라고

한 자락 바람에
먹은 더위
시원스레 씻어내며

'살 것 같다'
기지개 켜며
여름 잊는 나약한 사람들

탄천 붕어빵

겉은 바삭바삭
달콤한 팥고물 붕어빵
두 마리 천 원
이천 원에 다섯 마리

비바람
눈보라에도
탄천 다리 아래 그 자리
조그만 용달차에 포장치고

빵 굽는 앳된 부부
버거운 삶 버티는 모습
안쓰러워

탄천의 잉어떼 바라보다
가지런히 누운 붕어빵 앞에
눈길 돌린다

짚자리

장롱 틈새 볏짚자리
무심코 지니고 살아온
반세기 전 타임캡슐

누런 왕골과 볏짚
아버지 손길로
촘촘히 엮은 정성 한 자락

추수 마친 가을날
볏짚 추려 씻고
쪼갠 왕골 다려
노끈 꼬아 타래에 감아 놓으셨지

눈 쌓인 초저녁 등잔 아래
삼태기 틀고
새끼 꼬던 사랑방
아버지와 아재들

빛바랜 사진첩 넘기며
詩詩한 말 몇 마디 주워 모아
가로 세로 성긴 詩자리를 짜고 있다

뇌우雷雨

여름 낮 느닷없이
우르릉 쾅쾅 번쩍 쏴아~
쏟아 붓는 장대비

찐득찐득 달라붙는 더위
한방에 날려 보내는
해우解憂다 하늘의 해우解憂

빗방울 부서져 튕겨나는 물보라

시커먼 구름 속
우르릉 콰르르릉
내려붓는 비 빗줄기

천둥소리 하늘 땅 을러댄다

박춘추

『한국현대시문학』 신인상 등단.
한국문인협회 회원. 죽전시문학회 회장

. . . .

봄꽃
여름꽃 나리
개망초 왈츠
겨울 호수
자작나무 숲
기차역
지독한 인연
떠오름

봄꽃

틈새에 스며드는 따스한 봄바람에
키 큰 나무도 앉은뱅이 들풀도
노랑 빨강 하양 천지에 온통 꽃 잔치
바람에 흔들리면서도 야무지게 피었다

길가엔 벚꽃 등성이엔 매화꽃
양지 바른 곳 목련 한 그루
들녘엔 빙그레 웃는 민들레
할배 산소 옆자리 고개 숙인 할미꽃

봄날 꽃이 피면 어렴풋이 생각나는
첫 사랑, 그리운 그대
지금도 그 향기 오롯이 남아
어떤 꽃으로 오시려나 기다려지네

꽃 잔치하려면 훼방꾼 몰려와
비바람에 찢기고 낙화되어 어지러워
못내 이루지 못한 사랑도 그러했나 봐
벌써 또 한해의 봄꽃이 지누나

여름꽃 나리

햇살이 따가워지면
뽀삭하게 찾아오는
해맑은 색감 청초한 자태
노란빛 감도는 붉은 나리꽃

이글거리는 태양과 맞서
여름이면 찾아와 불 지피지
하늘 향해 손짓하는 하늘나리
부끄러워 고개 숙인 땅나리
꽃잎 여섯 장 뒤로 말고 얼굴에 반점 털중나리
자주색 반점 호랑무늬 까만 구슬 참나리
아래쪽 한두 개는 꽃을 피우고
위쪽은 봉오리로 남겨두었다가
차례로 꽃 피우며 계절을 즐기지

한때를 즐기고 홀연히 떠나는 날
가지 끝에 사랑의 흔적 남기고
들녘의 곡식 영글어 가는 가을
다시 올 날 기약하고 야위어가네

개망초 왈츠

아지랑이 춤추며 움잎 파릇파릇
사방에 초록 물감 수채화 넓혀 가고
눈길 주는 사람 아랑곳없이 더 넓게 푸르게

산허리 휘도는 바람 따라 휘파람 불며
묵정밭 깡마른 들판 산모롱이에
나물 캐는 그녀의 손톱 푸른 물들이네

귀찮은 풀이라 얕잡아 보지 말고
흔한 꽃이라 밟아버리지 마소
아직은 꽃이 아니라도 밥상 오르고
천지간 하얀 꽃 피면 그대 가슴 울리리

무엇이 옳은지도 모르는 혼돈의 삶
갓 피워낸 개망초꽃 물끄러미 바라보며
해맑은 하늘 종다리 비비배배 비비배배
산들바람에 어우러지는 개망초 왈츠

겨울 호수

계절 바뀌가며 피던 수중 꽃
마른풀 되어 찬바람에 흔들
호수에 잔잔한 여울 하나 둘
하얗게 언 채 이별의 장막에
길 잃은 사랑 되어 옴짝달싹 못하네

손의 온기로 따스해진 주머니 속 돌 하나
오래 된 추억 어스레 솟아올라
잊혀질 듯 떠오르는 얼굴
여름날 던진 돌은 바닥에 닿았는데
엄동설한 추위에 호수 위를 뒹구는 막돌

코끝 시린 칼바람 눈발 날리는 호수
마른풀 서걱이는 애달픈 사연
꽃잎 부서지는 아픔 남겨 두고
투명한 얼음 위로 길을 잃은 돌 하나

자작나무 숲

한 가닥으로 올곧지도 못하면서
쌓인 그리움 하얗게 밖으로 내뿜고
빼빼로가 되어 하늘 향해 위로 위로
어디까지 뻗치려나

산속에 혼자서는 의미 없는 나무지만
무리지어 숲을 이뤄야만 제 구실하는 너
무성한 잎 피울 땐 몰랐는데
벌거벗은 너의 모습 아찔하구나

쭉쭉 빵빵 하이힐 여신 되어
날씬하고 하이얀 민살의 곤혹스러움
그 모습에 취해, 향기에 취해
미소짓던 지난날의 기억들

자작나무 숲속의 카페,
은은하게 따스해지는 화목 난로
기름진 자작나무 땔감이었지

옷깃 여미며 추억에 젖어
눈 덮인 자작나무 숲길을 걷는다

기차역

어린 시절 할머니 보리쌀 봇짐 싣고
밤새 달려온 새까만 석탄기차
머물던 곳엔 들꽃이 만발했어요

젊은 날의 경험 무전여행
큰 꿈 안고 달리던 주황색 디젤기관차
지나던 철길 옆 아름다운 꽃들이 피었습니다

KTX가 바람을 가르는 요즘
칙칙하고 거대한 시멘트 건물에
사람만 시끌벅적 어지럽네요

듣기만 해도 아련한 기차역
철길 따라 낭만이 숨 쉬는 곳
들꽃 핀 한적한 간이역이 그립습니다

지독한 인연

맑은 가을날 들녘에 누워 하늘을 본다
반짝반짝 온통 별로 가득 찼다
넓은 우주 공간이라지만 빈틈없는
그 무한의 세계를 보았는가

나는 누구고 당신은 누구인가
우연의 만남이라 해야 하나
아니, 이걸 인연이라 하는 것인가
젊어 만나 죽을 때까지
함께하는 유일한 사람

사랑하고 다투고 고운 정 미운 정으로
누구는 한 번도 다퉈본 일이 없다지만
여하튼? 부부!
지독한 인연이다, 조건 없이
애틋하게 사랑해야 해

떠오름

오늘밤도 잠 못 이룬다
스치는 시상詩想을 잡으려고
떠오를 때 기억해야 해
기록해야 해
금세 잊혀지기 전에

이별 슬픔 기쁨…
이룬 사랑 흩어진 사랑
온갖 사연들이 정화된
한 편의 시를 잉태하기 위하여

멍한 시선에 혼미한 정신
저 머나먼 세상 것들이 어른거린다
드디어 긴 고통 끝에
한 편의 시가 태어난다

성숙한 여인의 허벅지 사이로
보일 듯 말듯 얄궂은 속삭임이

잘 익은 술이 되어

나래를 편다

시상詩想이 하늘로 너울너울

손선희

청주교육대학 졸업. 초등교사 역임
죽전시문학회 회원

:

고모네 집
고양이
달팽이의 간증
둠벙 속
봄
시
어머니
화담숲

고모네 집

정남향 일자형 아담한 초가삼간

깨끗이 비질된 마당 한켠엔
유난히 굵은 알이 열리던 살구나무 한 그루 있고
비스듬한 뒤켠 언덕으로
다알리아 접시꽃이
한가롭게 바람에 흔들렸지

정갈한 정지엔
반질거리는 무쇠솥
살강속의 사발 종재기 옹기종기 정다웁고
부뚜막의 정한수엔 정성이 하나 가득

심지를 돋워주어 환한 호롱불 밑에서
우리들의 깔깔대던 웃음소리에
호롱불도 우습다고 배꼽 쥐고 웃으면
그림자도 덩달아 춤을 추던 그 밤

우리는 둥그렇게 이불 속에 발을 넣고
전기통하기 놀이, 천렵계획

밤이 이슥토록 놀다가 집으로 오는 길엔
파리한 달님이 따라와 주었지

내 유년이 영글던 그리운 그 곳

고양이

나에게 고양이 사육이란 딴 세상인 줄 알았다
딸아이네가 이민을 가면서 내게 맡긴
쫑알이와 사슴이

처음엔 낯선 환경에
등을 동그랗게 오므리고 털을 곤두세우며
도전자세로 응수하더니
지금은 완전 경계를 풀었다

은근 슬쩍 몸을 부비며
뒹굴뒹굴 재주도 곧잘 넘는다

매일 똑같은 밥그릇 속의 먹이와 물
매일 똑같은 공간 속의 생활

주방이며 안방은 통행금지구역이니
우리 집 거실과 계단
거기가 두 고양이에겐 저희들 세상이다

내일은 마켓에 들러
고양이 간식이나 좀 사야 할까 보다

달팽이의 간증

이른 아침 산책길
부지런한 해님은 벌써 쨍~째앵

달팽이 한 마리
두 촉수 의지하고
길을 나섰다

젖과 꿀이 흐르는 땅
가나안은 어디인가?

낮엔 구름기둥으로
밤엔 불기둥으로 보호해 주신
그 님은 어디 계신가

분주히 오가는 발걸음에
산산조각난 동료의 모습
등골이 오싹하지만

두 촉각 세우고
제 집 짊어지고 가야만 하는 숙명

그 때
누군가 송두리째 집어들어
가나안으로 옮겨주시네

이 분이 그 분인가?

둠벙 속

개구리 한 마리가 생사를 달리했나 봐요

자~ 곡을 하세요
개굴개굴 개골개골
개구리들 일제히 곡을 시작합니다

이제 그만하세요
개굴 개골 뚜욱~~

울라면 울고 그치라면 그치고
둠벙 속은 아직도 옛 문화 그대로네

그러니까 우물 안 개구리라 하지
그러니까 둠벙 속 개구리라 하지

봄

들썩인다
꿈틀댄다
출렁인다

와~~
봄이다!!!

봄은 누가 뭐래도
가슴 뛰는 두근거림이다

설레임의 또 다른 이름이다

시

붉어지는 귓불
움츠러드는 용기

우러나는 감성
가슴 뛰는 전율

60km, 70km
가속 붙은 속도감에
주체 못할 신열이 춤을 추지만

그래도 고프다
더 고프다…

어머니

저녁 산책길
아파트 저 너머에 안 보이던 별 하나 유난히 반짝입니다

"앗!!!!
어머니다
하늘로 가신 어머니별이다"

순간
아롱지는 별빛

틀림없는 어머니별입니다

어머니
울지 마세요…

화담숲

곤지암 화담숲에는

가막살나무 길마가지나무 쉬땅나무
고추나무 작살나무 자작나무가 있고

한라개승마풀 산오이풀 좁쌀풀 처녀치마풀
털부처꽃 마타리 갯기름나물 어수리나물이 산다

어린애 늙은이
뚱뚱이 홀쭉이가
노랑 빨강 단풍이 되어
바람 따라 흔들리는데

낙상홍 나무 열매 위
거친 숨을 몰아쉬는
기력 쇠한 잠자리

노란 국화꽃 위

생의 마지막 호흡을 가다듬는
산호랑나비의 가는 숨이 흩어진다

가을 화담 숲이 차갑다

손정숙

적십자 간호대학 졸업. 서울 적십자병원 간호사
대한적십자사 보건강사. 죽전 시문학회 회원

⋮

너 그거 아니?

이따금 마음 한켠이 메마르고 스산할 때
시를 찾아 길을 떠나면
숲인 듯 평화롭고 기쁨이 찾아옴을
너 그거 아니?

내 안에 스미는 온갖 생각
한 줄 한 줄 수놓으면
따스한 가슴에 미소가 찾아와
세상이 밝아 보임을
너 그거 아니?

시 한편 마음에 품을 때
새로운 힘이 솟아
꿈을 향해 다가가는 희망임을
너 그거 아니?

시는 내가 되고
나는 시가 되리라

짝

원뿔과 원기둥을 오가며
살아온 긴 세월
꼭지점인가 하면
서로 멀어져갔다
원 그리며 뱅글 뱅글

그리고 평행선 따라
쭈욱 뻗는다

언제 만날까 생각하다
그래도 당신뿐이야

다시 꼭지점에 이르러
포옹하며 하하 호호

누가 뭐래도
행복을 엮어가는
꼭지점 부부

부부사랑

따로국밥 섞어찌개 전골로
한지붕 아래 수십년

생각이 영 달라 따로따로 국밥

피씩 웃는 모습 반해
보글보글 섞어찌개 변모하고

깨복쟁이 부부들 만나
추억여행 맛 장구쳐

야채 고기 두부 어우러져
맛깔나는 전골로
새롭게 태어나니

영양만점 행복충전
이제 남은 여정 꽃길뿐…

반구정 伴鷗亭

애타게 울부짖는 함성을 삼키고
유유히 흐르는 임진강
북녘을 바라보며 서 있는 정자

갈매기 벗 삼아 즐기면서도
나라의 안녕과 백성의 평안을 바라던
황희 정승 숨결
내 심장을 두드려

때 묻은 영혼까지 씻어주는
바람에 몸을 맡기고
파랑새 되어

자유 잃고 고달프게 사는
강 건너 북녘 동포들에게
평화를 가득 안겨주고 싶다

*반구정 : 파주 사목리에 있는 조선시대의 누정. 황희정승이 관직
에서 물러난 후 여생을 보낸 곳

초딩 친구들

햇살 가득한 추억의 얼굴들
오재미 공중을 날고 고무줄 즐기며
맘껏 뛰놀던 어린 시절
빵탄난로 양은 도시락
훈훈한 콩나물 교실

철부지들 지혜의 텃밭에 인자한 스승
밤낮없이 세상의 등불로 이끈 교훈
가슴에 품고 똘똘 뭉친 어깨동무

코밑 고향냄새 물씬
눈짓 몸짓 오간 긴 세월
마음 속 티까지 살피는 지기들

눈 꽃 머리
주름진 얼굴
굵은 손마디

천년 고목 쉼터로

그윽한 향기 되어 영원하리라

여름 산

흐드러지게 핀 진달래 꽃
울창한 가슴으로 숨고

돌보지 않아도 우거진 숲
따가운 햇살 쏟아지는 비
거센 바람도 이겨내며
서 있는 늠름한 모습

흠뻑 젖은 옷
시원하게 부는 바람
정상을 향하는 사람들

가슴을 열어 메아리치고
이야기 꽃 피우며
무더위도 잊은 채
피톤치드 맘껏 들이쉰다

오가는 계절

새도 사람도 온갖 생물도

다 품어 안으며

여름 한 가운데

우뚝 솟아 있다

탄천의 가을

은빛 머리 날씬한 몸매자랑
소슬바람에 춤추는 억새와 갈대
오가며 스치는 인연들

살 오른 잉어 튀어오르다 첨벙
청둥오리 왜가리 쇼를 즐긴다

불곡산자락 붉은 치마 앞세워
가을을 노래하고
간간히 들려오는 색소폰 연주
떨어지는 낙엽 흥을 돋우네

떠다니는 구름 높푸른 하늘
개울을 내려보며 눈웃음 짓는다

잠시 머물던 가을
서서히 짐 꾸린다

가을은 탄천 속으로
탄천은 가을 속으로

초대하지 않은 손님

눈에 띨까봐 살금살금
어느 날 가슴 속까지 화들짝
내안으로 다가온 더위

온몸 발전기에
스위치 올려
땀방울 송골송골

둥 머리 쭈르르 적시고
힘을 쫘악 뺀다

어서 떠나라고 손사래치지만
옷자락 꼭 잡고
한사코 늘어지는 무더위

해마다 찾아오는 뜨거운 손님
초대하지 않아도…

송정제

경남 사천시 출생.
죽전시문학회 회원

⋮

백로 한 마리
세종왕릉 앞에서
타인의 거울
아파트 외등 아래서
그리움
두 개의 그림자
인공 섬
시의 문을 두드리며
늦가을

백로 한 마리

사람과 자연이 어우러지는 탄천
하얀 파수꾼 백로 한 마리

어둠 걷히고 가로등 꺼질 때까지
언제나 그 자리 지키고 있다

누비길 발자국 달리는 소리 요란해도
긴 목 세우고 개울가 풀섶을 거닌다

냇물이 줄면 줄어드는 대로
넘치면 넘치는 대로 받아들이고

그 속에서 정답게 살아가는
왜가리 청둥오리 잉어 붕어들

건강한 하루를 시작하는 사람들에게
평화와 사랑 안겨주는 백로 한 마리

세종왕릉 앞에서

여름 같은 가을에 단풍 곱게 물들고
하늘 찌를 듯 곧고 휘어진 적송들
병풍 둘러친 언덕에 세종대왕 능원
우람하게 자리잡고 우리를 내려다본다

황금잔디 포근하게 덮인 능 앞엔
돌기둥 호위무사 백마가 맞는다
제 나라 글 지은 대왕, 육백 년 지키느라
단단한 화강암이 검은 석화를 피웠구나

어귀의 동상은 인자한 모습이어도
눈앞의 왕릉은 눈부신 산악이었다
총칼보다 더 강한 힘, 백성 혼 일깨우고
으뜸 문자로 크나큰 나라사랑 남겼다

세월 지나며 한글 바르게 가꾸기보다
막말 내뱉고 이상한 글 쓰는 재주꾼들
요상한 사자성어 난무하는 세태 어찌할까
돌아서는 등 뒤 근심어린 바람소리 들려온다

타인의 거울

붉은 노을 싸여 넘어가는 해 그림자
자고 나면 거울 앞에 옛 얼굴 찾아 서성댄다
지하철에서 본 청춘들 떠올리며
눈 속에 파묻힌 대청봉에 우뚝 섰던 꿈 다시 꾼다

되돌릴 수 없는 것을 되돌리려고
완력으로 헛바퀴를 계속 돌려댄다
제 풀에 지쳐 손길 멈췄을 때
부우연 거울 속에 진짜 내 모습 본다

작은 주름에도 민감하게 반응하는 욕심
공평하게 내려준 은빛 훈장 한사코 밀쳐낸다
타인의 거울 비친 내 모습 찾아 헤매지 말라
깊은 강물 노저어 온 자랑인 것을

아파트 외등 아래서

불 켜진 아파트 외등 밑 골목길에
하늘 보고 십자로 누운 매미 한 마리
손짓 발짓 흔들며 일으켜 달란다

제철 만나 목이 터져라 노래 부르다가
다가온 까치에게 어깨날개 하나
떼어주고 목숨과 맞바꿨노라고

속날개 하나로 날 수 없는데도
두 손으로 감싸자 날선 갈퀴로 버둥거린다
노래할 날 며칠 밖에 없으니 놓아달라고

나는 갑자기 매미를 품은 나무이고 싶다

그리움

나에게 그리움은
기억의 창고에서 먼지를 털어내어
멀리 있는 사람을 찾아 떠나는 여행

잊었던 기억도 분신으로 남아
회한의 파도 타고 끝없이 밀려온다

일렁이는 물결 속에 한없이 보고픈 얼굴
한 마디 말없이 자는 듯 가신 어머니
꿈속으로 찾아와 등을 토닥거린다

그리움은 또 그리움을 낳고 허공에
텅 빈 가슴만 남겨 놓는다

두 개의 그림자

걷는 사람 혼자인데 그림자는 둘이다
밤길 위험하다는 가족 만류 뒤로하고
아파트 나설 때는 나 혼자였는데

큰길 인도를 걷다가 흠칫했다
뒤따르던 그림자 갑자기 앞으로 나서면서
그 옆에 희미한 작은 그림자 하나 더 따른다

길을 비켜주려 몸을 돌렸으나 아무도 없네
발길을 멈추고 가로등 아래 섰을 때
앞서거니 뒤서거니 하던 호위무사 흔적도 없다

다시 발길 옮기니 언제 왔는지 두 개의 그림자
청사초롱 불 밝힌 안내자처럼 앞서 가고
또 다른 그림자 넌지시 따라붙는다

인공ㅅㅗ섬

바다에만 섬이 있는 것이 아니다
육지에도 섬이 생겼다
장수시대로 치닫는 고령화 사회
여기저기 수없이 늘어나는 섬
자식들은 힘에 부친 늙은 부모를
너도 나도 이 섬으로 보낸다
가족과 떨어진 쓸쓸한 삶
노년의 비애를 담장 안에 가둔
노인요양원은 누가 뭐래도
육지에 만든 인공섬이다

시의 문을 두드리며

언제나 멀리만 있던 연인, 살포시 다가와
시를 잊고 살아온 나에게 프로포즈한다

무쇠더위가 덮친 우연한 한낮에
손짓을 했다. 죽전시문학회 시인들이
문 앞에 서성거리는 나그네 들어오라고

옛 친구 떠나간 빈 자리 메우고
평면만 보던 내 눈 입체적으로 보게 하며
낟알을 손에 쥐고 새소리 듣는 귀 열어 줬네

반갑다. 시야, 세상 끝날 때까지 동행하자
어지러운 세상 막히고 끊어진 길 다시 이어
시로 숨 쉬고 포옹하며 정을 나누지 않겠니

늦가을

햇볕은 시간마다 줄어드는데
나이테 위에 낙엽만 잔뜩 쏟아 놓고
산 그림자 같이 서둘러 떠나간다

큰손 잎사귀 달고 있던 마로니에는
가렸던 옷 먼저 벗고 빈 몸 되어
곁눈질하지 말고 얼마든지 보란다

칡넝쿨 호박넝쿨은 무서리 맞아도
줄기로 언덕에 조각품 새기고
잎사귀는 바람에 날리어가네

늦가을, 긴 겨울잠에 빠져드는 시간

이경숙

교육공무원 정년퇴임. 『한국현대시문학』 등단.
죽전시문학회 회원. 용인문인협회 회원

∶

민들레
오월의 바람
유월
혼자 우는 카톡
호랑지빠귀
괜찮아
까르페 디엠
바다 위를 걷네

민들레

많은 사람에게 짓밟혔을라
길가 보도블록에 끼어
땅바닥에 납작 엎디었네

흠뻑 내린 이슬
끈적이는 젖 먹여 피워 낸
꽃대 끝 노란 꽃송이

하얀 솜털 뒤집어쓴 민들레 꽃씨
길게 뻗어 올려 날개 매달아 놓고
꽃 진 자리마다
지구 하나씩 머리에 이고 있네

동그라미 속 신비한 씨앗
모두 바람에 맡기고
초록빛 오월 속으로
힘차게 날아오르네

오월의 바람

담장 너머 넝쿨장미
꽃잎마다 서성이는 향기
마음 뜰에 머무네

보라색 붓꽃
한겹 한겹 벗겨지는 꽃봉오리
차마 못 다한 이야기 쓰며
마냥 눈 감고 있네

그 많은 초록 이파리
오월의 푸른 바람
산등성마다 남실거리며
얼싸안고 노래하네

제풀에 겨워 춤추다
뒤도 안 보고 가는 오월의 바람
뻐꾹뻐꾹
벌건 대낮에 따라 우는 뻐꾸기

유월

한 해를 반으로 접어
따가운 햇볕 쏟아붓는 유월
온통
초록 벌판

조바심하며
붙들어 맨 것 많아
나사 하나 빠진 채로 돌아가는
나만의 세상
그렇게 가는 게 세월이란다

넋이 빠질 듯 힘들었던 시간
그냥
살아지던 걸
올해도 유월
소나기처럼 지나가네

혼자 우는 카톡

바람은 저 혼자
창문 흔들고
잠 못 드는 밤
맴돌다 가네

손 내밀어
마음 깊이 닿을 수 없어
조바심치며 내달아
터질 것 같은 머리에
숯불 얹고 사는 여름

온종일
움켜 쥔 핸드폰
카톡도 외로워서
한밤중에 까똑까똑……

호랑지빠귀

휘이
피이
가늘고 처량한 소리
휘파람인가
영혼의 울음인가

울었다 쉬었다
호랑지빠귀
밤을 새우며 서럽게 우네

억장이 무너지면
머리에 꽃 달고 뛰어나가렴
울어서 될 일이면
석 달 열흘 통곡하던가

봄은 가고
빈 가슴에 초여름 오네

괜찮아

한낮
창가에 앉아
사과 하나 아삭 베어 물면
코앞에 힘든 세상 없어지는
새콤달콤한 순간

뱅글뱅글 거품 속 맴돌아
말간 물에 헹궈 낸 젖은 수건
빨랫줄에 가지런히 널고
두 손 뻗어 올려
파란 하늘과 하이파이브

보송보송 바람 냄새
빳빳하게 마른 자존심
괜찮아
다 괜찮아질 거야
내가 나에게
최면을 건다

까르페 디엠

바람 휘몰아치는 추운 밤
뒤뚱대며 얼음길 걷는
맨발의 오리가족
애타는 어미 목소리
쉴 곳 찾아 헤매더라

꽁꽁 얼어붙은 탄천
봄눈 녹아내리고
내닫던 물줄기 바위에 부딪혀
빙글빙글
에돌다 흐르더라

오늘을 잡아라
까르페 디엠
빗방울 촉촉 입춘이라네
봄은 저만치 당당히 서서
어김없이 복수초 피우더라

깜깜한 하늘

노란 달은 구름 속에 빛나고

뜰 것 같지 않던 붉은 해 솟아

맑은 아침 오늘도 내게로 오리라

오늘을 즐겨라

까르페 디엠

*까르페 디엠(Carpe Diem) : 호라티우스의 라틴어 시의 한 구절.
 '오늘을 잡아라'

바다 위를 건네

끝이 보이지 않는 까마득한 계단
걸어 오르는 꿈
깨어나고 싶더라

허리가 아프고
다리 저리고
행동반경이 줄어들고
침대 둘레만 오가는 시간
언제쯤 저 넓은 거실 걸어 볼 수 있을까

진통제, 우울증 약 삼키고서야
찾아온 평온
나의 깊숙한 뼛 속 수런거림
작은 일탈이라도 찾아야 해

햇볕 내리쬐는 은총의 한 때
모든 아름다운 것들과 통하는 시간
나만의 비법으로 아슬아슬
파란 바다 위를 건네

이병구

강산수목원 대표. 『한국현대시문학』 등단. 죽전시문학회 회원.
2014년 첫시집 《사랑의 마디》 출간.

⋮

밤이 지나는 소리
가을나무
거미줄 덫
먼 길
겨울강
겨울화로
감기 몸살
이렇게도 살았다오
격랑 앞에서
왜인의 죗값

밤이 지나는 소리

산그늘 내린 강가에
황소개구리 우웡우웡 울고
어스름 내려
까만 밤은 오는데

먼 산 소쩍새 울먹이는 소리
고요를 허물고
휘영청 달빛 쏟아진
뜰 앞을 서성인다

어느새 자정은 지나고
외로운 밤새들과 벗이 되어
허상에 덧들인 꿈
어렴풋이 지워져 가는데

홀로 지새며 위로 받자니
울어대는 밤새와 무엇이 다르랴
한 조각씩 떨어지는 하루
아껴 쓰지 못한 세월이 아쉽구나.

가을나무

가마솥 펄펄 끓는 찜통 여름
헐렁한 반바지 사이로
선들바람 스쳐 지나가고
땡볕 더위 떠나간 날에

초록 숲으로 찾아든 가을
기웃거리며, 솎아내고 추려낸
구지렁 잎새는 바삭 바삭
나뒹굴어 쌓여가는데

나이테 한 줄 넓혀놓고
밑둥치 깊게 뿌리 내린 가지에
하얀 눈꽃 피고 지는 겨울
시절의 뒤안길로 함께 가자 하네.

거미줄 덫

거미줄 뽑아 아슬아슬
떨어질 듯 꼼꼼한 솜씨로
허공에 멋진 그물을 쳐놓았다

바람 불면 그네를 타고
흔들거리면서
몸 숨겨 망을 보고 있다

가로등 불빛에 취한 나방이
무심코 날다 끈끈이 덫에 걸려
버둥대며 몸부림치는데

잽싸게 달려가
꽁무니 실로 칭칭 감아
사냥한 먹잇감을 갈무리하네.

먼 길

이 땅에서 실컷 살다
꿈결 속, 꽃길 따라
소풍을 떠나려 하오
티 없이 맑고 밝은 곳
소라빛 하늘 저편
은하 강가 거닐며
거기서 뽐내며 살려오
돌아갈 훗날에…

겨울강

북한강 세찬 골바람
팔당호 풍랑 일으키고
겨울 삭풍이 몰아친다

귀여리 샛강 돌개바람에
강물 뒤엉킨 지난 밤
출렁이던 파도는
살얼음 속으로 숨어들었네

강변 갈대 부딪는 소리
와스스 쓰러졌다 일어서고
찬 물빛 엉겨붙은 얼음강
맑은 수정빛처럼 반짝인다

눈보라치던 날
얼음판 위에 하얗게 쌓여
설원 펼쳐놓은 그림 한 폭
순백의 겨울강은 아름다워라.

겨울화로

안방 청동화로 웃풍 막아주고
인두 꽂은 삭은 잿불 속
감자 고구마 구워지는 구수한 냄새
엉덩이 아랫목 찰싹 붙여 뗄 줄 모르고

화젓가락 찔러보며 기다리는데
입안에 고인 침 꿀꺽 넘기는 소리
시린 손 화롯불에 두 손 쬐며
군것질로 정겹던 어린 시절 옛 생각

부엌에 질화로 금간 것 철사로 동여매
아궁이 곁에 두고 고등어 굽는 날 군침 돌고
김 한톳 들기름 발라 소금쳐 재 놓은 것
석쇠에 구워 고소한 냄새 집안 가득했지

사랑방 무쇠화로 옆 풍년초 한 봉지
장죽 담뱃대 불씨 댕긴 재털이 옆에는
불똥 튄 방바닥 까뭇까뭇 탄 자국
탕탕 담뱃재 터시는 어르신 헛기침 소리.

감기 몸살

온몸에 소름 돋아 으슬으슬
목젖 아리도록 후벼 파고 들어온
감기는 앙칼지게도 괴롭힌다

해넘잇길 세밑에서 겪는 아픔
줄기차게 토해내는 황소 기침
눈물 나도록 암팡지게 퍼붓는다

숨통 막히는 코맹맹이
졸린 목 푹 잠긴 쉰소리 내가며
생강물로 버티기 나흘째

식은 땀 봇물같이 흘러내리고
일어서니 장딴지가 후들거린다
휘청이며 늘어진 몸 가누고

새해 새날을 맞이하네
세월 까먹은 대가 치름인가
한 해 보내는 작별의 몸살인가.

이렇게도 살았다오

외양간 비루먹은 마소같이
빡빡머리 동그란 도장부스럼
얼굴엔 얼룩진 마른버짐

훌쩍거리던 누런 코 들락거려
솜저고리 옷소매로 훔치고
쩔은 콧물이 말라붙어 반질거렸지

구멍 난 나일론 양말 버선 짤라 꿰매 신고
대님 맨 솜바지 무거워
허리춤 괴타리 찔끈 동여매고 뛰놀던 때

썰매 타다 꽁꽁 언 발 녹인다고
마른 검불 삭장구 모아 불 놓고 쬐다
솜바지에 불붙은 것도 모르던 개구쟁이

뒷간에 양쪽 디딤목 딛고, 뒤보고
지푸라기 둘둘 말아 쓰던 시절
가슴에 멍울자국 남긴 가난했던 지난 날

격랑 앞에서

동해 남해 서쪽 바다 갯바람 풍랑일어
한강에 덧바람 치고
여의호는 좌초된 채로
샛강에 비스듬히 걸쳐 있는데

뭍에는 흙바람
허공으로 흩어져 날리고
민초들 마시는 우물은 마르고 있는데
빨대 꽂아놓고 물기마저 걷어가려나

저, 편서풍 타고 밀려드는 먼지 마시며
북데기 쳐다보다 눈텡이 맞을까 두렵네

애숭이 불꽃놀이 보면서
박수치고 있지는 않은가
삼대 세습 폭정에 허리 굽히는 졸개들아
악마의 탈 쓴 백두혈통을 믿느냐

거들먹거리는 망나니에 머리 조아리며
언제까지 인민의 눈 가리고 피 팔아
혼돈의 세상을 만들 것인가
폭탄 몇 덩어리로 한반도 초토화 시킨다고
으름장 놓는 천둥벌거숭이 전쟁놀음에

틈새 노려,
바다 건너 간교한 왜인들은
독도가 저희 땅이라고 담벼락에 도배질하는데
왜, 대마도가 우리 땅이라 말 못하는가

구정물에 손 씻고 얼굴 씻는 위정자들아
폭탄 이고 칼 밟고 살아가는 백성을 보라
이 땅은 우리 부모 형제 자손만대까지 영원히
살아갈 터이니라.

왜인의 죗값

야스쿠니신사
죽은 자와 산자가 전쟁 모의하는 곳인가
섬나라 족장을 천황이라 부르며
넘보며 틈타 노략질하던 족속

바다 밑 터져 물기둥 솟았다
해일이 노도와 함께
무섭게 밀려들어 원전까지 쓸어내
징벌의 대가로 받은 것이니

너희들 손에 모질게 핍박받고
죽임당한 한 서린 영혼들
그 숫자만큼,
처참하게 시들어 갈 것이니

살기와 독을 내뿜으며 살아도
죗값은 치러야 하느니, 사죄하라
앙갚음은 악행대로 받는 것
뉘우치고 근신하며 날뛰지 말라.

정소민

전주여고 33회 졸업
죽전시문학회 회원

⋮

검은 까마귀

찬란하게 푸른 하늘이여
유리알처럼 반짝이는
짙은 녹음 지상의 향기를
모아 지금은 없는 사람
살며시 영혼을 포옹하네

아름다운 문경새재
불멸하는 날갯짓 소리
흰 구름 따라
까~악~까악~무리지어
노래 부르네
지금은 없는 사람
숨소리가 되었나 봐
오랜만에 만나는 귀한
까마귀 네 영혼을 노래하라

해질녘 불어오는 찬바람
따뜻한 모닥불 되어

영원의 노래

노래 부르럼아

꿈길

현관문 열고 들어오던
조용한 발걸음소리
소리는 사라졌네

살며시 미소 짓던 얼굴
부드럽게 다독이던
손길도 끊어졌네

손들어 만져도 불러도
대답 없는 당신
나는 떠나네 그대 만나려
꿈길로 가야지
꿈속으로나 가야지

선물

그대를 사랑합니다
칠월의 뜨거운 태양 아래
메마른 바람소리
소나기 한 줄금 대지를 적시고
가슴을 열었습니다

꽃이 지기 전에
그대가 주신 옛 이야기들
수레에 실어 내 영혼이
지구 어느 모퉁이를 돌아
잠들 때까지
당신 진정 사랑하겠습니다

이승에서의 마지막이

연안부두 광어 한 마리
저녁상에 올라와
마지막 당신의 선물이 될 줄이야

정월 초이틀 자시
탕 안에 둥둥 떠서 눈감고
누워 있던 당신이
심근경색이라니 잠시
천둥번개 지나가고
사방은 침묵과 놀라움으로
긴장감이 돌고 있었네
엠불런스는 달렸건만
심장은 멈추었네
싸늘한 찬바람이 가슴 속을
눈물로 채우고 있었네

노오란 수의에 싸여있는
얼굴 그 위에 얼굴 하나

포개져 마지막 입맞춤을
살 속 뼛속까지 실핏줄
타고 흐르는 차가운 전류

놓쳤어 놓쳐 버렸어
혼잣말로 중얼거리고 있던
철없는 사람이여!!

목화밭

나는 목화밭으로 갑니다
육 십 년도 지나버린
외할머니 밭을 찾아갑니다
구불구불 골목길 언덕을
넘어서 허리 굽혀 호미로
잡초를 골라내고 계신
할머니

외할머니 목화밭에서
이름 모를 풀꽃 꺾어 들고
연한 다래 하나 입에 넣고
폴짝폴짝 뛰어 놀던
어린 시절이여
열두 살 소녀의 맑은 얼굴
화사하고 부드러운 꽃이여

하늘하늘 여름의 뜨거운
태양 아래 사랑을 불태워

고운 열매 키우시던 분

이제 푸른 하늘에 비로도를

깔아 목화구름 하얀 솜털로

서러운 친구

사랑 이야기 나누시나요

머지않아 차가운 바람

겨울이 오면 목화꽃향기

스치는 따뜻한 이불로

그대를 덮으라 사랑하오라

구두 수선소

상점과 상점 어두운 골목길
햇빛 한 올 되어 당신에게
가고 싶다
찢어진 가죽 미싱질하고
가시밭길 지나온 밑창
외로움 주름 박아 커튼을
달아주고 먼 길 헤매는
당신을 맞이하는 안식처

하얀 머리타래
끊어진 핏줄을 이으며
구멍 난 허파를 때우고
생명의 나팔 쉬임없이
불고 계신 당신을
응원하는 거리의 수선소

목련

봉오리 막 터뜨리고 있네
눈이 부시네
지난 겨울 마음의 때
봄비에 홀홀 벗어내고
새하얀 송이
벙글벙글 속삭이네

진실한 위안
자유로운 사랑
새벽종소리 어루만지듯
황홀한 목련
순결한 신부라네

허수아비

바람이 불 때마다
펄럭이는 깃발
가슴에 찍은 눈물
안에서 안으로만 흐르는가
평안하다 마음 다듬는 사람

수수는 알알이 붉게
매달려 고개 숙이고
콩 밭은 노오랗게 물들었네
풀꽃들은 바람에 나부끼네
외로운 가을 들녘
내 마음에 들어 있네

비바람에 부대끼며
태양을 머리에 이고
오곡은 찰지게 여물었네
새들아!
어찌하면 좋을까

너희들 훠이훠이
쫓아야 하는 이 마음을.

다시 시작

인생 끝자락이 아니라네
작은 불씨라도 남아 있다면
두려워 말고
재촉하지 말고
늦은 걸음 천천히 오르는 거네
조용한 숲 속
마르지 않는 샘물처럼

다시 한 번
봄, 여름, 가을, 겨울
노래하네
누에고치가 비단실을
뽑아내듯이
바다, 강, 산, 들꽃, 새들
춤을 추어라
하늘
바람아

표석화

교육공무원 정년퇴임. 죽전시문학회 회원. 용인문인협회 회원.
2013년 『한국현대시문학』 등단. 2014년 시집 《손녀 이야기》 출간

⋮

한여름 복날
소포 속에 내 마음도
비우며 살기
호박이 넝쿨 져
귀농 친구
오리가족
어미개 누렁이
히죽이

한여름 복날

그 개는 유난히 과일 껍질을 잘 먹었다
멸치 머리
멸치 똥
내가 주는 것은 다 좋아했다

빈 그릇이라도 들고 나오면
쿵 쿵 꼬리는 춤을 추고

문지방에 턱을 괴고 앉아
한여름 나의 보름달을 물끄러미 쳐다본다

그 개가 남긴 목줄은
복날을 기억하게 벽에 걸려 있다
개들에게 슬픈 날이다

소포 속에 내 마음도

멀리 태평양 바다 건너갈
소포꾸러미

소포 속에 몰래 넣은 어미 마음은
저울에 함께 안 달았다

우체국 노란 박스
옷가지 속에 넣은 정

모정의 마음마저 함께 전달되기를

비우며 살기

끝없이 나오는 허접 살림살이
나는 깜짝 놀란다

어디에 이 많은 것들을 쌓아 놓았던가
욕심과 허영 비우기

오래된 친구 같은 피아노는
이웃집 주고

한여름 신세 진 에어컨 덜어내고
쌓인 물건 하나씩 비워낸다

마음은 솜털처럼 가볍다
인생은 비워 가는 것

호박이 넝쿨 져

나의 그림자를 보고
호박 넝쿨이 살금살금
기어오고 있다

아기 호박이 소나무 위에
대롱대롱 매달려 있다

노란 호박꽃 속에
벌이 윙윙 꿀을 따고

커다란 호박잎 속에 누런 호박이
몰래몰래 숨어 있다

누런 호박 속에 애벌레들이
바글바글 살고 있다

이쁜 호박잎이 나를 반기고 있다
농부의 저녁밥상에 호박잎 쪄서 올라온다

귀농 친구

아궁이 불 때니 커다란 가마솥 물이 따뜻하다
비 맞고 머리 감기
발로 밟아 빨래하고
벽돌 위에 쪼그리고 앉아
큰 양동이에 설거지하기
따뜻한 물의 고마움 새삼 느껴본다

아궁이 속 나무 타는 열기 앞에서
퍼질고 앉아 찜질한다

양동이 따뜻한 물속에
몸을 담근다

귀뚜라미 개미와 같이 지내는 컨테이너 방
침대 위까지 점령한 개미
내 운동화 속 귀뚜라미

노란 호박꽃 속에서 윙윙대며 사는 벌

파리 모기 나비 잠자리 풍뎅이 거미까지
참 많이도 같이 산다

귀농 친구들

오리가족

대추나무 가지 치고
풀 베고 비료 주니
웃자란 풀 속에 오리가 알을 품고 있네

놀란 오리 날아가고
반짝이는 열한 개 알

비밀 둥지가 드러나 걱정이다
고라니 멧돼지 청설모 사는 곳

며칠 후
알 한 개만 남기고 흔적이 없네
습격을 당한 걸까

어느 날 누렁이가
작은 오리 새끼를 쫓아다니고 있네
알에서 부화했구나

누렁이에게 당한 한 마리가
길에 누워 있고 쯔쯔

어미오리와 아홉 남은 새끼들
무사하겠지

농장의 유월은 그렇게 가고 있었다

어미개 누렁이

또 그때가 왔는가
뒷산 마을 바람처럼 자유로운 누렁이

목줄 단단히 매 놓고
보초를 서는 남편

족보를 알 수 없는 흰 발바리
문밖에서 기회를 엿보고

누렁아 너는 지난 임신의 고통을 알았으니
불임을 선택하겠지

끈질긴 발바리 모습

신비한 동물의 세계

며칠 후 하얀 발바리는 모습을 감췄으나

.

.

.

.

.

.

누렁이는 끝내 새끼를 배고 말았네

히죽이

히죽하니
예쁜 손녀 미소
나를 닮아 점점 잘 웃지요

코타키노발루 여행 다니며
왜 웃지 않느냐 묻네
언제부터 트레이드마크 사라졌지

히죽아
히죽하며 웃으니
세상이 웃네
웃어 웃어보자

슬며시 입꼬리 올리다 보면
더 밝은 세상 내게 오겠지
짙푸른 그늘 평상 위에
두 다리 뻗고 누워
히죽이 웃어 보네

편집 후기

와우! 그 새 제4집 동인지 발간을 하게 되다니 얼마나 기쁜 일인가!
제1집은 뭣 모르고, 제2, 3집 아리송한 마음으로,
제4집은 성숙한 시인의 마음을 담아…
이렇게 죽전시문학회가 어른스런 모습으로
한 단계 상승해 가는 길에 접어들었습니다.
모두가 즐거운 마음으로 축배!
죽전시문학회를 위하여!(밀물)

철쭉꽃 활짝 핀 화창한 귀여리의 봄날과 노란 은행잎과
단풍이 휘날리는 세종대왕 영릉에서의 시낭송회는 잊을
수 없는 지난날의 추억이 되었습니다.
시모임이 끝나고 치맥 파티의 즐거움, 지역 주민에게도
아름다운 정서 함양과 시문학 저변 확대를 위하여 노력
하시는 김태호 선생님의 "당신의 목소리를 들려주세요."
며, 동백호수공원 기타 연주회에 초청 시낭송 봉사를 한
변복남 낭송가, 용인문협 주관 백일장 심사위원 및 각종
시낭송회 참여 등 금년에도 많은 분야에서 바쁘게 활동

한 여러분들께 감사드립니다.(blue)

햇수로 5년, 이젠 시가 절로 쓰여질 줄 알았는데 갈수록 안 되는 건 뭔지…
금년엔 창작 활동에 소홀했더니 동인지에 올릴 글이 없다고 빠지려고 했다가 김태호 선생님의 은근한 압력에 꼼짝 못하고 기일이 지나서야 제출하게 되었으니 ㅠㅠㅠ (샬롬)

22명의 회원 중에 12명이 등단 시인, 나는 언제나 등단할 수 있으려나…
시인님들이 부러워요. 시상도 안 떠오르고 별 특별한 경험도, 또 쓸 소재도 없고,
에구 어쩌다 써낸 한 편의 시는 초라하기 그지없고…
콩나물은 물 빠지면 큰다는데 그렇게라도 될 수 있으려나(淑, 福)

동인지 발간을 위하여 한 달 전에 일인당 8편의 시를 제출하라고 공지를 하였다.
사진과 약력을 포함하여 글자크기, 모양, 정리 방법 및 제출 기한 등을 세세하게 알려주었건만, 메일로 받고 보니

제 멋대로…

기일도 아니 지키고 자기의 개성과 취향에 따라 제 각각

이라 황당하네요.

인터넷에 그리 익숙하지도 못하다 보니 어떻게 정리하여

보내야 할까 앞이 깜깜…

시인님들이여! 내년엔 더욱 성숙해집시다. ㅎㅎㅎ(朴)

죽전시문학회 회원 명부 (가나다 순)

지도	김태호 시인	010-4717-3718
회원	김자경	010-6234-5845
	김지윤	010-8281-0073
	류재덕	010-5226-1372
	박나나	010-2078-2077
	박동석	010-4343-1012
	변복남	010-4508-3675
	손선희	010-9024-8057
	손정숙	010-8758-3755
	송유신	010-6210-0129
	송정제	010-8539-5246
	유성준	010-6236-6027
	이병구	010-3713-3359
	이찬주	010-2801-3172
	정소민	010-7700-1232
	조갑조	010-2265-4855
	최영희	010-4156-3555
	최해복	010-5382-2750
	표석화	010-9269-9035
	형남옥	010-3770-6358
총무	이경숙	010-3665-4719
회장	박춘추	010-8998-0609

죽전 詩문학

•

지은이 / 박춘추 외
발행인 / 김영란
발행처 / **한누리미디어**
디자인 / 지선숙

•

08303, 서울시 구로구 구로중앙로18길 40, 2층(구로동)
전화 / (02)379-4514
Fax / (02)379-4516
E-mail/hannury2003@hanmail.net

•

신고번호 / 제 25100-2016-000025호
신고연월일 / 2016. 4. 11
등록일 / 1993. 11. 4

•

초판발행일 / 2016년 12월 10일

•

ⓒ 2016 박춘추 외 Printed in KOREA

•

값 10,000원

•

※잘못된 책은 바꿔드립니다.

•

ISBN 978-89-7969-732-2 03810